COLLECTION DE M. A. GROS

TABLEAUX MODERNES

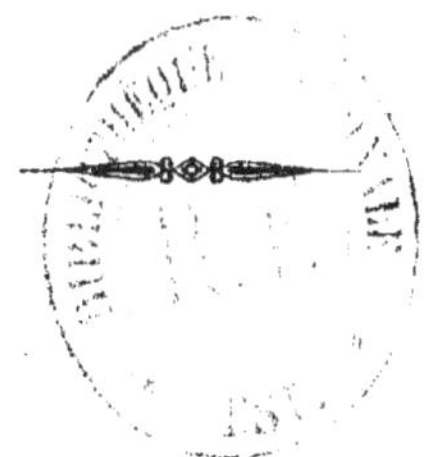

VENTE

Le Mardi 9 Mai 1865, à 2 heures 1/2 précises

EXPOSITIONS
{ Particulière : le Dimanche 7 Mai
{ Publique : le Lundi 8 Mai 1865
} de 1 heure à 5 heures

COMMISSAIRE-PRISEUR		EXPERT
Mᵉ ESCRIBE		FRANCIS PETIT

Renou et Maulde, Imprimeurs de la Compagnie des Commissaires-Priseurs,
rue de Rivoli, 144.   39730

Collection de M. A. G.

TABLEAUX

MODERNES

DONT LA VENTE AURA LIEU

HOTEL DROUOT

SALLE N° 5

Le Mardi 9 Mai 1865, à deux heures et demie précises.

Par le ministère de Me **ESCRIBE,** Commissaire-Priseur,
rue Saint-Honoré, 217,

Assisté de **M. Francis PETIT**, Expert, rue de Provence, 43,

Chez lesquels se distribue le présent Catalogue.

EXPOSITION PARTICULIÈRE

Le DIMANCHE 7 Mai 1865, de une heure à cinq heures.

EXPOSITION PUBLIQUE

Le LUNDI 8 Mai 1865, de une heure à cinq heures.

PARIS — 1865

CONDITIONS DE LA VENTE

Elle sera faite au comptant.

Les Acquéreurs paieront, en sus du prix d'adjudication, CINQ pour CENT, applicables aux frais de la vente.

TABLEAUX

ACHARD

1 — Bouquet d'arbres près d'une mare.

H. 37 c. L. 59 c.

ANASTASI

2 — Paysage à l'automne.

H. 17 c. L. 27 c.

ANASTASI

3 — Intérieur d'une basse-cour.

H. 17 c. L. 27 c.

ANASTASI

4 — Paysage de Hollande. Effet de soleil couchant.

H. 14 c. L. 23 c.

ANASTASI

101

5 — Paysage de Hollande. Effet de lune.

H. 14 c. L. 23 c.

BARON

1800

6 — Danse de jeunes filles dans un parc.

H. 53 c. L. 42 c.

DE BEAUMONT

610

7 — Jeunes filles dans les blés se couronnant de fleurs.

H. 33 c. L. 24 c.

BELLANGÉ

2500

8 — Episode de la guerre de Crimée.

Dans la cour d'une maison à demi-ruinée, un soldat russe est amené devant des officiers français.

H. 33 c. L. 41 c.

ROSA BONHEUR

0450

9 — Chien de chasse au milieu d'un bois.

H. 37 c. L. 46 c.

BRETON

10 — Paysanne assise jouant avec des hannetons.

H. 56 c. L. 46 c.

BRION

11 — Paysans badois jouant aux quilles dans le jardin d'une brasserie.

Salon de 1859.

H. 60 c. L. 100 c.

BRISSOT

12 — Paysage. Pêcheur sur le bord d'un étang.

H. 12 c. L. 35 c.

BROWN (JOHN LEWIS)

13 — Steeple-Chasse.

Salon de 1861.

H. 36 c. L. 60 c.

CARAUD

14 — La Visite de la sœur de lait.

H. 67 c. L. 85 c.

CALAME

15 — Torrent passant entre des montagnes.

H. 78 c. L. 57 c.

CHAPLIN

16 — Jeune fille donnant à boire à un perroquet.

H. 27 c. L. 22 c.

CHAPLIN

17 — L'Etoile du matin.

H. 38 c. L. 29 c.

CHAPLIN

18 — Enfant de cœur tenant un encensoir.

H. 22 c. L. 15 c.

COROT

19 — Paysage italien. Effet du matin.

Des paysans dansent au bord d'un lac.

H. 48 c. L. 65 c.

DE CURZON

20 — Pâtres dans la campagne de Rome. Effet d'hiver.

H. 45 c. L. 65 c.

DAUBIGNY

21 — Bords de la Marne. Animaux passant dans un bac.

H. 37 c. L. 66 c.

DECAMPS

22 — Chasseur à l'abri sous un arbre.

H. 24 c. L. 20 c.

DELACROIX (AUGUSTE)

23 — Femme mauresque et son enfant.

H. 45 c. L. 37 c.

DIAZ

24 — La Délaissée.

H. 33 c. L. 25 c.

DUFOURMANTELLE

25 — Soldat examinant sa rapière.

H. 32 c. L. 24 c.

DURAND BRAGER

26 — Vue du port de Malte.

H. 40 c. L. 69 c.

DUVERGER

27 — La Visite à l'étable.

Deux jeunes filles viennent boire du lait qu'une paysanne vient de traire.

Salon de 1859.

H. 41 c. L. 33 c.

DUVERGER

28 — La Servante infidèle.

H. 24 c. L. 19 c.

FICHEL

29 — Chanteurs ambulants dans un cabaret.

Salon de 1861.

H. 32 c. L. 46 c.

FICHEL

30 — L'Antiquaire.

H. 13 c. L. 10 c.

FRANÇAIS

31 — Environs d'Honfleur. Soleil couchant.

Salon de 1859.

H. 50 c. L. 65 c.

Ed. FRÈRE

32 — Petite fille enfilant son aiguille.

H. 27 c. L. 22 c.

Th. FRÈRE

33 — Caravane au milieu du désert.

H. 31 c. L. 55 c.

FROMENTIN

34 — Arabes chassant au faucon.

H. 36 c. L. 60 c.

GUILLEMIN

1945

35 — Intérieur de paysan béarnais.

H. 47 c. L. 39 c.

HEILBUTH

1250

36 — Bergère romaine.

H. 47 c. L. 32 c.

HEILBUTH

465

37 — Une Patricienne.

H. 50 c. L. 40 c.

ISABEY

1410

38 — L'Arrestation. Scène de l'Inquisition.

H. 50 c. L. 67 c.

JALABERT

800

39 — Femme romaine veillant son enfant endormi.

Forme ovale. — H. 33 c. L. 40 c.

JACQUE

40 — Poulailler.

H. 13 c. L. 21 c.

JACQUE

41 — Petit enfant présentant son couteau à un remouleur.

H. 12 c. L. 10 c.

JEANRON

42 — Baigneuse couchée.

H. 21 c. L. 9 c.

JUNDT

43 — Un quatuor. Scène du Tyrol.
Salon de 1861.

H. 41 c. L. 52 c.

LAMBINET

44 — Une Saulée.

H. 50 c. L. 60 c.

LAMBINET

45 — Paysage traversé par une rivière. Soleil couchant.

H. 27 c. L. 42 c.

LAMBINET

46 — Chemin près d'Ecouen.

H. 32 c. L. 49 c.

LINGEMANN

47 — L'Estafette.

Salon de 1859.

H. 36 c. L. 44 c.

LINGEMANN

48 — L'Espion.

H. 36 c. L. 44 c.

MELIN

49 — Cour d'un chenil.

H. 32 c. L. 42 c

MULLER (CH. L.)

50 — Carnaval à Venise.

H. 00 c. L. 00 c.

PETTENKOFEN

51 — Soldats autrichiens franchissant un gué pendant une bataille.

H. 29 c. L. 39 c.

PLASSAN

52 — La Visite du médecin.

Salon de 1855.

H. 39 c. L. 48 c.

PLASSAN

53 — Jeune fille se chaussant pour le bal.

H. 32 c. L. 24 c.

PLASSAN

54 — Mère près du berceau de son enfant.

H. 16 c. L. 12 c.

ROQUEPLAN

55 — Jeune fille écoutant.

H. 21 c. L. 16 c.

Th. ROUSSEAU

56 — Paysage. Les bords de l'Oise.

H. 41 c. L. 64 c.

THUILLIER

57 — Vallée de l'Isère.

H. 45 c. L. 74 c.

TROYON

58 — La Route du marché.

Un paysan monté sur un cheval gris, mène deux vaches devant lui, un jeune garçon conduit un troupeau de moutons.

H. 72 c. L. 92 c.

TROYON

59 — Marche d'Animaux dans le brouillard.

H. 46 c. L. 38 c.

VAN MUYDEN

60 — Jeune femme italienne amusant son enfant avec un tambour de Basque.

H. 25 c. L. 21 c.

VAN MUYDEN

61 — Un Marché à Rome.

H. 31 c. L. 31 c.

VEYRASSAT

62 — Relai de chevaux de hallage.

H. 25 c. L. 48 c.

VEYRASSAT

63 — La Récolte du colza.

H. 31 c. L. 59 c.

ZIEM

64 — Vue de Venise.

H. 37 c. L. 57 c.

Renou et Maulde, imprimeurs de la Compagnie des Commissaires-Priseurs,
rue de Rivoli, 144.   39730

RED.:

19

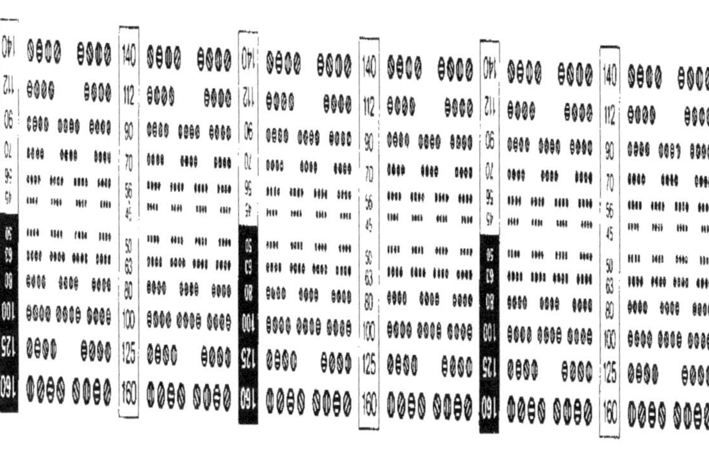

MIRE ISO N° 1
NF Z 43-007
AFNOR
Cedex 7 - 92080 PARIS-LA-DÉFENSE
graphicom
379.89.70

0 1 2 3 4 5 6 7 8 9 10

www.ingramcontent.com/pod-product-compliance
Lightning Source LLC
LaVergne TN
LVHW011506170726
843501LV00009B/3631